I0730635

BIBLIOTHÈQUE DES STATIONS MÉDICALES
ET DES TOURISTES.

LES PLAGES

DES

ALPES-MARITIMES

Sous le rapport

DE LA SANTÉ.

NICE, MENTON, CANNES, etc.

ESQUISSES DESCRIPTIVES,
NOTIONS CLIMATOLOGIQUES. — CAUSERIES ET CONSEILS,

par

J.-A. ACHARD D'ENTRAIGUES.

MONACO.

NICE,

Société Typographique, Imprimerie, Librairie et Lithographie
A. Gilletta, rue de la Préfecture, 9.

1867

LES PLAGES

des

ALPES-MARITIMES

au point de vue de la santé.

CANNES — NICE — MONACO
MENTON.

BIBLIOTHÈQUE DES STATIONS MÉDICALES
ET DES TOURISTES.

CAUSERIES DE LA PLAGE

I.

BAINS DE MER

DE

MONACO

DESCRIPTION ET CLIMATOLOGIE DE LA PLAGE ;
INDICATIONS SPÉCIALES ET AVANTAGES DE CE CLIMAT
POUR LA GUÉRISON DES MALADES ,

par

ACHARD D'ENTRAIGUES.

NICE,

Société Typographique, Imprimerie, Librairie et Lithographie
A. Gilletta, rue de la Préfecture, 9.

1867

PROLOGUE.

Très-chers émigrants et touristes, et vous aussi, bien-aimés malades, agréez ces quelques pages échappées d'une main amicale et bien intentionnée. Leur but est de distraire un instant votre pensée pendant les heures noires qui viennent parfois faire ombre aux heures fortunées des pérégrinations.

Ces pages modestes se permettront aussi, d'ajouter à la partie descriptive de la plage, quelques conseils utiles, des considérations climatologiques et médicales pour le plus grand bien de votre chère santé.

Si, par elles, un moment de peine est oublié, si encore, par un conseil donné de bon cœur, quelque malade chéri de vous, arrive plus rapidement à la santé désirée, notre satisfaction en sera vive et entière.

D. A. ACHARD D'ENTRAIGUES,

Ancien médecin des Hôpitaux, membre de la Société Médicale
Homéopathique de Lyon, etc.

Nice, Novembre 1866.

BAINS DE MER

DE MONACO.

I.

Description de la rade et de la plage. — Etablissement
Hydrothérapique. — Bains de mer.

Torquate Tasso, dans son poème sublime de
la Jérusalem, chante les jardins d'Armide par
les strophes suivantes :

" Le sommet de la montagne offre aux yeux
„ une plaine riante sous un ciel pur et serein.

„ Un air délicieux y est parfumé par les
„ fleurs, rafraîchi par les zéphirs. Leur haleine,
„ toujours constante, n'y reçoit point du ciel le
„ mouvement et le repos.

„ L'été n'y darde point ses feux, l'hiver ne s'y
„ arme point de glaces. Les sombres nuages n'y
„ troublent point la sérénité des airs.

„ Un azur éternel y embellit les cieux.

„ Sur des gazons toujours verts, brillent des
„ fleurs toujours nouvelles. Les arbres y con-
„ servent un éternel feuillage.

„ Un palais enchanté s'élève dans ces beaux
„ lieux et paraît le trône du monarque de ces
„ monts et de ces mers. „

— Cette citation de l'Homère de l'Italie est,
de nos jours, parfaitement applicable aux sites
de Monaco; elle dépeint d'une manière exacte
la douceur de ce climat.

Des littérateurs remarquables, historiens et
poètes d'élite, ont décrit la Principauté Monécienne et ses richesses naturelles ou seigneuriales.
Cette causerie ne comporte qu'un rapide aperçu
descriptif des superbes édifices et des élégantes
constructions particulières, qui rendent plus
belle cette région favorisée.

Le touriste arrive à Monaco par une route
large et pittoresque qui côtoie la mer, ou bien
par la voie maritime : un steamer parcourt en
une heure le trajet de Nice à Monaco ; une voie
ferrée s'établit, elle facilitera les relations, déjà
nombreuses, de la Principauté Monécienne avec
les contrées voisines.

En arrivant à Monaco, par mer, on admire
d'abord le tableau varié des paysages que la vue
embrasse.

La rade Monécienne, protégée par ses promo-
toires et son heureuse situation, est une des plus
paisibles de la Méditerranée.

La tranquilité de ses flots était appréciée dès les temps anciens :

C'est sur cette plage que César, dans son expédition contre son gendre Pompée, effectua son embarquement.

Le poète de la Pharsale, Lucain, dit à ce sujet :

" Là, est le port protégé par Hercule ; la
„ mer gémit dans le creux du rocher. Zéphire
„ ni Corus n'y ont aucun empire. Circius seul
„ peut troubler les rivages de la station de
„ Monaco. „

Une onde pure, d'une grande transparence, laisse pénétrer la vue jusqu'à des extrêmes profondeurs.

Sur les rives, un ensemble magnifique charme les regards du touriste :

Au premier plan du tableau, un édifice remarquable par ses élégantes dispositions se présente le long de la plage ; deux ailes assises au bord des vagues en rendent la vue des plus attrayantes : c'est l'établissement hydrothérapique et des bains de mer.

Tout y annonce, au premier abord, le plus parfait bien-être : le système de Priessnitz s'y trouve admirablement organisé.

Une galerie spacieuse permet de jouir du

spectacle animé du port, et de la vue d'un horizon océanique.

Deux escaliers recouverts de tentures pendant la chaude saison conduisent le baigneur jusques près des flots.

Le fond de la plage est garni d'un sable fin, d'un exquise souplesse au contact ; la température constamment douce de la masse liquide permet de s'y baigner aussi agréablement en hiver qu'en plein été.

II.

Sur une des faces latérales de la baie, la ville, entourée de fortifications pittoresques, laisse apercevoir la résidence princière, ses jardins, ses promenades et de blanches maisons coquettement parées.

Ainsi que la princesse endormie dont la légende charmait notre enfance, elle s'éveille en souriant; l'animation d'une vie nouvelle circule dans son sein et s'accroît chaque jour.

La forteresse antique renferme dans ses murs crénelés une agréable ville. Une rampe pavée s'élève du port jusqu'à la place principale. On traverse plusieurs portes, cinq à six pour le moins, une d'elle est assez remarquable et porte la date de 1533. La dernière est à l'entrée de la promenade du Château. De lourds canons, géants de bronze, couchés là comme des lions endormis, n'inspirent plus la terreur; malgré les piles de boulets entassés près du Château

Royal, le touriste ne se lasse pas de contempler la surface limpide, enrichie de teintes brillantes et irisées, qui part du pied du roc pour se confondre avec l'horizon.

Du bord de l'esplanade, on a sous les yeux la rade sillonnée d'embarcations, la grève où se tordent les vagues nacrées, et dans le lointain, une plaine étincellante, sur laquelle de larges navires laissent refléter la blancheur de leur voilure, se déploie dans une ravissante immensité.

Les poètes et les mythologues devaient élire la riante rive ligurienne pour la naissance de la blonde mère d'Eros. Les abruptes profondeurs des roches Monéciennes leur inspirèrent l'idée d'y établir la résidence du boîteux Vulcain, précipité de l'Olympe ; c'est là qu'il vint forger à Jupiter ses foudres d'airain embrasé.

Les rudes travailleurs cyclopéens sont relégués dans les antres de l'Etna, une population avenante, logée confortablement sur le sommet des roches, accueille le visiteur avec une parfaite amabilité.

Sur un pic escarpé, couvert de cactus opuntia, d'aloès et de pariétaires, la ville déploie son attrayant panorama. Des rues capricieuses, des maisons d'une propreté hollandaise, des hôtels très-bien tenus engagent le voyageur à s'y fixer.

Sur le pourtour du promontoire, la promenade Saint-Martin offre les aspects variés du golfe d'Antibes, de la pointe de Bordigherra, et des vertes et ombrageuses forêts environnantes.

La ville s'est transformée, surtout par l'initiative du pouvoir actuel. La bienfaisance publique a reçu sa part des dons répandus par une main bienfaisante; une salle d'asile est installée dans un bâtiment magnifique construit par S. A. S. Charles III.

Un jardin anglais, exposé gracieusement au midi, y est attenant; sa tiède température est recommandable aux valétudinaires et aux jeunes miss, pendant la saison hivernale. L'Hôtel-Dieu est un charmant modelé d'hôpital avec parcs et promenades pour les malades, un jardin d'agrément est à la disposition des Dames de Saint-Maur, qui desservent l'établissement. Les soins dévoués dont elles entourent les pensionnaires sont au-dessus de tout éloge. Une jolie chapelle a été édifiée pour le service de l'Hôtel-Dieu, complètement restauré par S. A. S. le prince régnant.

Mentionnons aussi le Palais de Justice où siège un Tribunal supérieur, et l'Eglise, très-recommandable par sa valeur archéologique.

Sur le plateau qui domine la mer, la résidence

souveraine ouvre ses portiques : L'entrée du Château est fréquemment permise aux touristes ; une obligeance empressée en laisse admirer les richesses intérieures , les belles et antiques salles sont gracieusement exposées à l'admiration des visiteurs.

Là, se trouvent rassemblées les merveilles artistiques et picturales des maîtres les plus renommés de ces derniers siècles. De précieux souvenirs historiques se rattachent à la royale demeure, ils relèvent les fleurons d'une antique couronne dont le règne est encore entouré d'affections.

Le palais princier de Monaco, terminé par Son Altesse régnante, est une résidence véritablement digne d'un roi. La façade intérieure a été récemment remise comme en ses premiers jours; elle présente un escalier monumental attenant à un superbe vestibule. Le marbre de Carrare s'unit aux mosaïques vénitiennes pour en rehausser la beauté. On y remarque surtout des fresques d'un dessin correct et largement peintes, attribuées au Caravage et au Carlone, elles ont été restaurées dernièrement par MM. Florence et Murat.

La salle Grimaldi, au couchant, est ornée de magnifiques fresques de Horace Ferrari, elle, et tous les grands appartements à sa suite, ont été meublés splendidement, dans un style en harmonie avec la grandeur de leurs proportions. Des toiles d'un prix inestimables se remarquent à tous les pas. Des Vanloo dignes d'une incessante admiration retracent les traits et les fastes des nobles descendants de Grimaldi.

Les allées nombreuses du jardin attenant au palais sont d'une disposition très-agréable ; les plantes les plus variées s'y mélangent en étalant leurs feuillages diversement nuancés. Le vent ne ternit pas de sa poudreuse conquête la vivacité de leurs coloris.

Une voie large, carrossable, descend de l'un des flancs de la cité pour se joindre ensuite à la voie qui descend de la porte située près du Château. Sur leur parcours, on a le charme d'un horizon agréablement varié ; parfois aussi des sveltes et gracieuses monégasques que l'on y rencontrent captivent le regard ; on les voit s'acheminer vers la fontaine ou vers la rade, avec une démarche poétique qui rappelle à la pensée la déesse Virgilienne.

III.

Au prolongement de la plage, en regard de la ville, se trouve la terrasse de Monte Carlo.

Toutes les magnificences rêvées par l'imagination la plus poétique se groupent sur la cîme Elyséenne.

La nature, primitivement âpre et sauvage sur ce roc, a été vaincue, domptée par le génie puissant et créateur qui a métamorphosé l'aride rocher en un Eden ravissant.

Des voitures élégantes et des omnibus stationnent près de la rade, à la disposition des voyageurs.

Une route large, doucement relevée, se prolonge jusques au delà de Monte-Carlo. Le long de son parcours, les vagues blanchissantes de la grêve, les ombrages verdoyants des collines, les riches villas qui s'élèvent sur ses bords rendent ce trajet fort agréable.

Du sol soigneusement uni, sur l'altière cîme,

sort, comme par enchantement, une végétation luxuriante d'abondance et de vigueur; les plantes tropicales à larges feuilles, les palmiers élevés, les merveilles de notre flore, se pressent à l'envi autour des allées qui se fuient et se rapprochent capricieusement dans les jardins spacieux qui s'étendent jusqu'au bord de la mer.

Une monumentale et hardie couronne ceint le faîte de la masse granitique; une belle rampe s'en détache et descend près de la plage. Du pourtour de la balustrade, la vue peut embrasser une perspective de toute beauté. La mer ligurienne y étale toutes ses splendeurs ! Une éblouissante immensité va se confondre dans un horizon dont la magnificence transporte la pensée vers les régions éternelles. Le soir et à l'aurore, l'or mêle ses rayons à la pourpre éclatante dont le soleil s'environne. La surface des flots, resplendissante et argentée, présente alors le spectacle le plus imposant que l'on puisse imaginer.

Lorsque la nuit vient envahir le fond des vallées, lorsque la mer voilée de sombres plis ne révèle sa présence que par le murmure de la rive, la terrasse de Monte-Carlo s'illumine d'innombrables girandoles. Des torrents de gaz se transforment en gerbes flamboyantes; leur lumière inonde les édifices, — elle va se répandre mystérieusement dans les bosquets embaumés, où vient pénétrer le suave écho des mélodies.

Du sein des jardins du Monte-Carlo s'élève le palais du Casino. Ses splendides salons offrent aux touristes le choix des distractions variées qui peuvent leur sourire. Dans une salle de lecture, parfaitement disposée, sont rassemblés les journaux politiques, littéraires, artistiques, etc., des diverses nations de l'Europe. Pendant la journée et la soirée, un orchestre parfaitement choisi, exécute dans une vaste et magnifique salle, les chefs-d'œuvre de nos compositeurs les plus célèbres et les plus en vogue. L'élégance et la distinction des auditeurs donnent encore plus d'éclat aux richesses de la salle et de l'harmonie.

Les concerts, les fêtes et les bals s'y multiplient sous la direction intelligente de l'administration. Jalouse de plaire à l'opulente pléiade des touristes et des baigneurs qui visitent la plage, elle ajoute sans cesse de nouveaux embellissements aux fastueuses dispositions des bains de mer et de leurs dépendances.

De somptueux hôtels avoisinnent le Casino. L'Hôtel de Paris tente le goût des gourmets de hauts grades par ses trésors gastronomiques; non loin de là, d'autres hôtels rivalisent d'attention et de zèle pour maintenir leur réputation établie.

Le luxe le plus élevé, un confortable parfait s'y remarquent, et les émules du délicat Monselet, les disciples du grand-maître et haut baron de Brisse, y trouveront une table digne de leur admiration.

Des villas merveilleusement situées embelissent les alentours de cette colline. La joyeuse animation d'une société d'élite fait de cette cité nouvelle le plus séduisant rendez-vous pour les personnes qui recherchent les relations du monde élégant; les magnificences naturelles des sîtes environnants sont pleines d'attrait pour le voyageur en excursion, tandis que les conditions climatologiques qui s'y rencontrent sont des plus heureuses pour le rétablissement des malades et des convalescents.

IV.

Climatologie spéciale de la contrée de Monaco.

Les bords de la Méditerranée méritent assurément la plus grande part des éloges que leur attire leur effet favorable dans certaines maladies.

La plage ligurienne surtout se trouve en convenance parfaite pour aider à la guérison des maladies anciennes, et particulièrement des maladies de poitrine. Elle participe des régions équatoriales par la douceur habituelle de sa température, et la richesse de la végétation étalée sur ses terres.

Des conditions exceptionnelles favorisent au surplus le climat de Monaco : L'exposition avantageuse du sol, sa nature salubre, ses productions balsamiques et aromatiques, la direction favorable des tièdes courants atmosphériques qui apportent d'Italie les senteurs parfumées des pins sauvages, des citronniers, etc., tout cet ensemble se trouve peu souvent aussi complètement réuni.

Par ces conditions s'expliquent la rareté des

affections pulmonaires dans cette contrée, où il ne s'en rencontre que bien peu d'exemples. Ces mêmes avantages climatologiques exercent conséquemment une influence bienfaisante, lorsqu'on les laisse agir dans les maladies pulmonaires déclarées, alors qu'elles présentent déjà de graves symptômes.

TEMPÉRATURE DE CETTE RÉGION.

Les variations calorifiques indiquées par les oscillations de l'échelle thermométrique, ont une grande importance, elles se rattachent d'une manière très-intime aux études de la climatologie spéciale d'une contrée. Il est incontestable que les brusques transitions de la température de l'air environnant, soient la cause de nombreuses maladies. A bien plus forte raison, leur action doit être défavorable à l'état de l'organisme lorsque ses fonctions sont maladives.

Ainsi, certaines maladies diathésiques, c'est-à-dire, se rattachant à une prédisposition profonde et générale du corps, surtout celles qui se rapportent aux bronchites chroniques, aux rhumatismes, obligent les personnes qui en sont affectées à éviter avec le plus grand soin toutes les rapides alternatives de la température ambiante.

Ainsi qu'il a été dit, la partie des côtes liguriennes dans laquelle se trouve Monaco, est favorisée d'une égalité de température digne de remarque.

Le retour périodique des saisons s'y effectue d'une manière régulière, insensible, pour ainsi dire. La moyenne de la température hivernale est de 10° c., celle des mois d'août et de septembre est de 23° c., par suite, la moyenne des variations calorifiques que l'on observe de la température d'un mois à celle du suivant est de 1° à 2° seulement ; aussi, la saison d'hiver, pour cette tiède région ne semble exister que de nom. Au mois de décembre, le chiffre moyen de la température habituelle est, pour le climat ligurien, de 12° c., dès les premiers rayons du soleil, l'air tiédit et l'on ressent une chaleur vraiment estivale. L'amandier, le laurier-cerise étalent leurs fleurs ; on rencontre sur les collines et dans les vallées les orchis, les narcisses et les véroniques épanouies ; le thym, la violette exhalent leurs parfums. Cet aromatique tapis de verdure contraste vivement avec le manteau de neige, qui couvre, vers cette époque, les régions brumeuses du Nord.

V.

Indications médicales du climat de Monaco.

Les ressources curatives du climat monécien sont nombreuses et importantes ; quelques développements suffiront pour en faire ressortir l'excellence et pour en préciser l'emploi.

Parmi les affections diathésiques qui abondent aux stations curatives, les maladies pulmonaires et les affections rhumatismales sont le plus fréquemment observées.

Nous nous occuperons succintement et, en première ligne, des altérations matérielles et fonctionnelles des organes pulmonaires et généralement des voies respiratoires; l'origine et la médication spéciale de ces affections seront cependant plus spécialement élucidées dans les causeries suivantes.

MALADIES DE POITRINE.

La guérison des maladies des organes pulmonaires se lie intimement aux influences climatologiques au milieu desquelles se trouve le malade. La localité dans laquelle il établit sa résidence, la température, la composition et la densité de l'airqu'ony respire, sont des circonstances qu'il est urgent de maintenir dans les conditions réputées comme étant préférables, celà est de toute nécessité. D'ailleurs, selon la gravité de l'affection qu'il s'agit de combattre, suivant l'opportunité ou la marche du traitement en rapport avecla période actuelle de la maladie, il convient de s'appuyer sur les indications d'un praticien expérimenté, pour le choix du sîte et pour les dispositions à prendre relativement au séjour dans une station curative convenable; ainsi Nice, Menton, Cannes, Hyères, Monaco, Alger, Antibes, etc., présentent des indications diverses.

Dans la phtisie commençante, lorsque la consomption ne présente pas encore les symptômes d'une altération profonde, l'action conjointement tonique et résolutive de l'habitation près de la plage, les promenades sur mer, les immersions maritimes rapides aident merveilleusement à dissiper les premières atteintes, toutefois, en soumettant, en même temps, la personne malade àun traitement radical et dynamique pour détruire l'origine du mal, et en faire disparaître les effets.

HYDROTHÉRAPIE.

—

L'usage de l'hydrothérapie, appliquée sous la direction d'un médecin expérimenté rend plus complets les effets utiles du climat, et de même ceux du traitement que l'on suit, selon que l'état du malade l'exige.

L'établissement hydrothérapique de Monaco est digne de recommandation par son confortable, son élégance et par les dispositions parfaites de ses dépendances. Un praticien estimé, d'une amabilité parfaite, M. le Docteur Gilbert d'Hercourt en dirige les applications suivant les indications révélées par l'examen de la maladie Le savoir et l'obligeance qui lui sont propres lui attirent d'abord la pleine confiance du malade, et lui rendent ainsi leur guérison plus facile.

En même temps que l'usage de quelques moyens hydrothérapiques bien choisis, le séjour de Monaco devient favorable pour l'hiver, aux personnes dont les fonctions respiratoires sont souffrantes, c'est-à-dire, lorsque la respiration n'est pas régulière, large, réparatrice et lorsqu'elle ne permet pas au sang de se régénérer librement et avec abondance.

Les collines qui avoisinent Nice doivent

leur recommandation dans ces maladies à une exposition analogue à celle des collines monéciennes.

Tous les auteurs recommandables qui se sont occupés de la pathologie spéciale des organes respiratoires, sont d'accord sur les avantages du séjour sur les rives méditerranéennes, et les faits ont consacré cette prédilection.

Les chiffres ont leur éloquence incisive et directe ; tandis qu'à Londres et à Paris, le nombre des décès par suite d'affections pulmonaires chroniques est à peu près le quart du chiffre total des décès (24 0[0). A Vienne, le nombre est de 11 pour cent et à Munich, de 10 pour cent.

Sur les rives maritimes des environs de Nice et dans la contrée même de Monaco, le chiffre des décès par suite de phtisie est de 1 à 2 pour cent. Cette rareté nous paraît bien significative.

La bronchite humide, celle surtout des personnes âgées reçoit une grande amélioration de l'air de ces régions. Le traitement de ces affections, de même que celui des phtisies pulmonaires et laryngiennes, trouvent dans ce climat adoucissant un puissant auxiliaire.

Les difficultés de la respiration, les accès d'asthme et les névroses de la poitrine reçoivent du soulagement par la résidence du malade établie à quelque distance de la plage ; l'impressionabilité de la personne affectée sert de guide à ce sujet.

Les organisations lymphatiques, celles prédisposées aux engorgements viscéraux, les personnes en proie aux diathèses rhumatismale et arthritique ou goutteuse doivent éviter le séjour prolongé dans les contrées trop humides ou exposées à des forts vents. Accompagnée des bons effets d'un climat tempéré, aidée par des ressources puisées dans un air tiède et favorable, une médication vraie, dynamique et vitale amènera souvent la guérison de ces maladies. Pour que la guérison soit parfaite, il faut que l'action des remèdes employés soit profonde, atomistique, bien ordonnée, durable et progressive, il faut encore que le choix de ces remèdes soit indiqué par l'examen minutieux et intelligent des symptômes accusés par l'état du malade, et enfin, il faut encore que leur préparation soit effectuée dans les termes prescrits par la vraie science médicale, c'est-à-dire, d'après ceux de la doctrine similaire et unitaire : Toutes ces conditions se trouvent réunies dans une seule méthode, dans un seul corps de doctrine, celui dont Hannemann a formulé les premiers préceptes.

Dès le début de leur propagation, le traitement d'après l'analogie des symptômes, et l'emploi des doses infinitésimales étaient plus qu'une simple conception théorique : les faits avaient indiqué le texte de la loi universelle qui les régit.

Résistant aux efforts d'erreurs puissantes et hostiles, l'expérience guidait lentement la vérité médicale jusques au seuil de notre siècle. On voit alors grandir de plus en plus l'importance et l'étendue de la doctrine médicale propagée par le profond penseur de Cœthen : elle repose sur le principe de l'action curative des substances, douées d'une productibilité symptômatique semblable à celle de la maladie.

La connaissance parfaite des propriétés médicales d'un grand nombre de substances, le poupouvoir d'éloigner tous les dangers qui en accompagnaient l'usage, et de développer en la multipliant, pour ainsi dire, la puissance providentielle incluse en leurs molécules assurent la supériorité de la médication similaire, sur la foule des systèmes enfantés par l'erreur.

La doctrine philosophique de l'homœocinémie, c'est-à-dire, de la similitude de certaines manifestations de la puissance vitale avec celles propres à l'énergie corpusculaire des diverses substances est devenue la base de l'édifice mé-

dical réédifié maintenant, et, désormais impé-
rissable. POST TENEBRAS LUX.

La science moderne vient sanctionner, par ses merveilleuses découvertes, les principes de vie révélés à l'homme pour sa conservation. La médecine unitaire est douce, vitale, certaine dans sa marche et féconde en heureux résultats.

Elle a seule les moyens d'atteindre les sources profondes des désordres qui altèrent et détruisent la vie; elle peut donner à ses remèdes le pouvoir de pénétration et l'énergie atomique indispensable pour concourir le plus efficacement possible à la guérison.

Elle reçoit l'indication du remède à choisir par les manifestations de l'organisme, loin de solliciter des réactions violentes et étrangères aux vues de la nature conservatrice, elle se joint aux réactions purement vitales pour se confondre avec elles et annihiler le mouvement morbide.

Les plages maritimes présentent un avantage sur bien d'autres sîtes par la constance plus marquée de la pression barométrique, elle est plus intense sur le bord de la mer, et la pression moyenne de l'atmosphère sur les côtes méditerranéennes de l'ancienne Ligurie est de 0 m. 761 m. m. 35 ; celle de ses variations est de 30 à 40 m. m. La moyenne des indications de l'hygromètre de Saussure est d'environ 55°, c'est le terme moyen entre l'extrême humidité de l'air et sa plus grande sécheresse.

Toutes les conditions désirables pour le développement de la force vitale se rencontrent sur la plage des Alpes-Maritimes. La nature lui a prodigué ses dons. Nice offre son merveilleux amphithéâtre de collines émaillées de châteaux ; Cannes vante son atmosphère de serre-tiède ; Menton, abrité par ses collines, s'énorgueillit de l'inaltérable lumière et de la constante chaleur que lui accorde son soleil bienveillant, et Monaco présente sa bonne part de ces faveurs réunies.

Il faut reconnaître encore à ce climat tempéré un grand avantage pour activer la guérison des paralysies. Lorsque cette maladie est consécutive d'une congestion cérébrale, le travail de résorption par lequel la nature s'efforce d'éliminer l'obstacle qui comprime la circulation nerveuse, demande une température assez chaude et sans brusque transition.

Lorsque la paralysie survient à la suite d'accès de goutte ou d'affection rhumatismale, ou bien, par suite de l'exposition à l'humidité prolongée, soit encore par le voisinage d'un sol marécageux, on peut espérer fréquemment la guérison complète par l'aide puissante que le climat approprié donne aux moyens thérapeutiques employés pour le traitement. L'électricité médicale et l'hydrothérapie interviennent aussi avec beaucoup de succès.

ÉLECTRICITÉ MÉDICALE.

—

Les applications médicales du principe dynamique désigné sous le nom d'électricité sont nombreuses, elles ont été souvent suivies de remarquables succès. Nous avons mentionné, dans un opuscule spécial, l'observation remarquable d'une jeune paralytique. La petite malade, arrivée au dernier degré de marasme et de débilité, rachitique, courbée sur elle-même, sans aucun mouvement possible, fut guérie parfaitement par un traitement galvanothérapique; nous avons fait ressortir, à ce propos, les bons effets qu'on doit espérer de ce traitement bien dirigé, pour en obtenir la guérison d'une bonne part des affections réfractaires à l'action des remèdes employés auparavant: soit dans les maladies de poitrine, les rhumatimes, les paralysies, les affections nerveuses, les débilités digestives, les faiblesses générales, etc. On peut appliquer, soit directement, soit auxiliairement avec un trai-

tement médical convenable les courants élec-
triques sous leurs diverses dénominations: cependant les courants galvaniques constants, ceux dits
électromagnétiques (ou faradisation) et ceux de
l'électricité statique doivent être l'objet d'études
spéciales pour pouvoir être appliqués avec fruit.
La galvanothérapie, largement appliquée, de nos
jours, aux affections rhumatismales compte de
nombreux succès, les courants magnéto-élec-
triques ont aussi produits d'heureux résultats
dans les névroses, les douleurs de poitrine, les
oppressions respiratoires, les spasmes convulsifs,
l'amaurose, la surdité, et d'autres affections intérieures et viscérales.

VI.

Conclusions médicales.

La station médicale de Monaco présente, en outre de ses luxueuses dispositions balnéaires, un climat des plus favorables pour le rétablissement des malades.

Les circonstances propres à la guérison des maladies anciennes se trouvent, disons-nous, en bonne part dans les ressources d'un climat tempéré, convenable, par ces qualités, aux exigences de l'affection.

Le malade doit faire en sorte d'habiter dans un site attrayant, où l'air soit pur et doux, constant et modéré dans sa température habituelle, pour n'avoir pas à redouter les rigueurs d'hiver ; à ce point que les promenades et l'exercice à l'air libre ne soient pas interrompus.

Il est bien essentiel de ne pas fatiguer les fonctions digestives, et de se priver, en conséquence, de tout aliment dont la digestion serait pénible ou altérante, comme les crudités, les viandes lourdes ou trop assaisonnées, l'abus des liqueurs fortes, etc.

Certaines affections nerveuses; comme l'hystérie, la mélancolie, les spasmes ou vapeurs, la fatigue consécutive, les pertes de forces, des suites d'un long séjour dans les pays chauds, tels que les Indes, etc., les névralgies diverses seront favorablement modifiées par le séjour dans une habitation choisie parmi les riantes villas qui embellisent les alentours de la plage. Ce climat présente un ensemble de conditions heureuses qui le recommandent à l'attention des malades et à la préférence des tourristes: c'est un élégant rendez-vous pour la foule qui aime les excursions: et plus encore, pour les émigrants, surtout, c'est une station maritime bien favorisée sous tous les rapports. La beauté de ces plages, les vertus fortifiantes de l'air suave que l'on y respire, sont comme le reflet du sourire divin; il a présidé, sans doute, à la création des sites alpestres que la Méditerranée baigne mollement de ses flote tiédis et vivifiants.